El Secreto

Una historia romántica en el Viejo Oeste

Por: <u>Kent HamiIlton</u>

Descargo de responsabilidad:

La información presentada en este libro representa las opiniones del editor a la fecha de publicación. El editor se reserva el derecho de modificar la actualización de sus opiniones sobre la base de nuevas condiciones.

Este reporte es sólo para fines informativos. El autor y el editor no asumen ninguna responsabilidad por cualquier responsabilidad derivada del uso de esta información.

Si bien se ha hecho todo lo posible para verificar la información proporcionada aquí, el autor y el editor no pueden asumir ninguna responsabilidad por errores, inexactitudes u omisiones. Cualquier similitud con personas o hechos no es intencional.

Tabla de contenidos:

Capítulo Uno - Un Nuevo Vecino

"¡Tenemos un nuevo vecino!"

"¿En serio?" Kathy levantó la cabeza de donde había estado arreglando la camisa de Paul.

"¿Quién es?" preguntó Sarah, poniéndose de pie para servir una taza de café a los hombres.

Daniel se acercó deambulando, con una sonrisa en la cara mientras besaba a Sarah profundamente, antes de responder a su pregunta. "Un hombre llamado Matthew."

Sarah se sonrojó, con una leve sonrisa en los labios mientras servía una taza a su prometido, antes de ofrecérsela a Paul.

"¿Por qué vino?"

Paul se encogió de hombros. "Parece que necesitaba empezar una nueva vida y decidió empezarla aquí."

"Está construyendo una cabaña", interrumpió Daniel, sus ojos aún sobre Sarah. "Parece que necesitará ayuda una vez que terminemos la nuestra. Ha comprado la parcela contigua a la nuestra, Sarah. Ya hay una cabaña allí, pero la va a convertir en el establo, ya que necesita demasiadas reparaciones".

Kathy miró a Paul, viéndolo asentir con la cabeza en respuesta a su pregunta no formulada. "Ambos le ayudaremos, por supuesto."

Kathy no dijo nada, volviendo la vista hacia su costura. Apenas veía a Paul estos días, dado lo ocupado que estaba ayudando a Daniel a construir su cabaña para él, para Sarah, y para el bebé de Sarah, David. Kathy suspiró, dándose cuenta de cuánto iba a extrañar a Sarah cuando se fuera. Sólo se quedaría otra semana más aquí y luego se mudarían a la cabaña el mismo día de la boda. Aunque Kathy estaba encantada por su amiga, sabía que sentiría profundamente su partida. ¡Si Paul no fuera tan testarudo!

"¡Oh!" Dijo, soltando la aguja y poniendo una mano sobre su estómago. "¡Esa fue una grande!"

"Ese bebé tiene la fuerza de Paul", bromeó Daniel, deslizando un brazo alrededor de la cintura de Sarah. "¡Destinado a ser un niño!"

"¡O una niña luchadora!" exclamó Sarah, clavando un codo en las costillas de Daniel.

Daniel se rió, besando su mejilla una vez más antes de ir en busca de algo para comer. Sarah lo observó por un momento, antes de volver a sentarse frente a Kathy. "¿Puedo ofrecerte algo?"

"No, estoy bien, gracias", contestó Kathy, moviéndose un poco en su silla. "Sólo me faltan seis meses y este bebé ya quiere abrirse camino en el mundo." A veces la patada la dejaba sin aliento, y sonreía a la pequeña vida que se desarrolla dentro de ella. Fue una experiencia increíble y aterradora, y ella sólo deseaba que Paul la compartiera con ella. Empezaba a sentirse increíblemente sola.

"Bueno, sólo mantenlo ahí un poco más de tiempo", se rió Sarah, un brillo en su ojo. "¡Los últimos meses son siempre los peores si mal no recuerdo!" Su rosto se iluminó con los recuerdos de su propio embarazo, antes de que su primer marido se descarrilara por completo y terminara muerto. David, su hijo, era todo lo que ella tenía para recordarlo, pero con Daniel a su lado y su cabaña casi terminada, Sarah se alegró de que su vida estuviera a punto de mejorar.

"Estoy segura de que todo valdrá la pena", contestó Kathy, un poco deprimida. "¡Ese niño tuyo es una delicia!"

"Así es", interrumpió Daniel, una mano en el hombro de Sarah. Kathy le sonrió, sorprendida por el cambio que había tenido en los últimos meses.

Todo había sido gracias a Sarah, por supuesto, pero Daniel había pasado de ser un holgazán inútil a ser un hombre cuyo arduo trabajo y determinación lo convirtieron en la comidilla del pueblo. Todo el mundo había estado comentando sobre cómo él dio un giro a su vida. Incluso había tomado al pequeño David bajo su protección, tratándolo como si fuera su propio hijo. Una sonrisa suave iluminó la cara de Kathy mientras los veía hablar en voz baja entre ellos. Daniel era un hombre amable y David estaba floreciendo bajo sus atenciones. Él sería un buen esposo y un padre justo y cariñoso, Kathy estaba segura de ello.

"¿Puedo traerte algo?"

La voz de Paul interrumpió la meditación de Kathy, aunque ella notó que él no se le acercó. "¿Un vaso de agua?" Ella lo siguió con los ojos, viendo la mirada obstinada en su cara mientras le daba el vaso, ni una sola vez mirando a su vientre en flor. "¿Te gustaría sentir a tu hijo patear?"

"No, gracias", contestó Paul, alejándose. "Será mejor que vuelva al trabajo. ¡Vamos, Daniel!"

Daniel echó una mirada un tanto frustrada a Kathy, habiendo captado las palabras de Paul. Paul podría ser su hermano mayor, pero Daniel no estaba dispuesto a dejar que siguiera tratando a su esposa como lo estaba haciendo. "Hablaré con él", murmuró, antes de seguir a Paul.

"De mucho te servirá", susurró Kathy, en voz baja. Desde que Paul se enteró del bebé, se volvió un hombre terriblemente irritable. Él no quería tener nada que ver con el embarazo, como si ignorarlo fuera a hacer que desapareciera. Cuando ella se lo dijo, unos meses después de descubrirlo ella misma, él estaba enfadado y frustrado con ella, pero ella estaba segura de que el miedo era la base de todo.

Cuando Anna, su hermana, dio a luz. Kathy pensó que nunca lo había visto tan asustado. Su hermana, que siempre fue robusta y de aspecto saludable, se había reducida a una pálida y débil criatura que necesitaba una buena semana en la cama. Era de esperar después de un trabajo de parto, por supuesto, pero el suyo había sido particularmente largo y arduo. No es que nadie lo supiera ahora, por supuesto, dado que ella había vuelto a ser la misma de siempre, pero Paul estaba aterrorizado por lo que el bebé le haría a Kathy, cuando le llegara el turno. Peor aún, Paul apenas había sostenido a su sobrino, pero Kathy ya había dejado claro que ella no toleraría tal tratamiento con su propio hijo.

Sin importar lo que ella dijera, o cómo lo dijera, Paul apenas la miraba a los ojos y ciertamente no tenía tiempo para conversar con ella. No quería sentir las pataditas del bebé, ni siquiera quería apoyar su mano en su vientre ni un solo momento, y eso le dolía enormemente a Kathy. ¿Qué iba a hacer ella?

Capítulo Dos - Unas Pocas Palabras

"¿Paul?"

"¿Qué?" Mirando hacia arriba, Paul vio la resolución en la cara de Daniel y agitó la cabeza. "Oh no, Daniel. No estoy dispuesto a hablar contigo hoy."

"Bueno, lo harás", declaró Daniel, metiéndose en el camino de Paul. "La forma en que tratas a tu esposa no está bien, Paul."

"¡La forma en que la trato no es asunto tuyo!"

Daniel agitó la cabeza. "¡Es mi cuñada y está sufriendo, Paul! ¿Por qué estás tan distante?"

Paul se detuvo un momento antes de mirar a su hermano. "No lo entenderías".

"Entiendo que tiene algo que ver con ese bebé", declaró Daniel, siguiéndolo. "Desde que te lo dijo, la has estado evitando como a la plaga. Sarah y yo lo notamos."

"Bueno, tanto tú como Sarah no tendrán que notarlo por mucho tiempo más", contestó Paul, mordiendo sus palabras. "Cuanto antes te mudes a la cabaña, mejor, por lo que a mí respecta."

"Eso es pura maldad que brota de ti, y tú lo sabes", dijo Daniel, ignorando la burla. "¡Mírate bien, Paul!"

Paul soltó una risa fuerte y burlona. "¿Esto viene de ti, Daniel? ¿El hombre que tuvo que ser arrastrado por el suelo fuera de la taberna?"

"Sí, eso viene de mí", contestó Daniel, su tono constante, pero con las mejillas ardiendo. "Puede que lo hayas olvidado, Paul, pero yo he cambiado. La única razón por la que he cambiado es porque he conocido a una buena mujer que me quiere y yo la quiero".

Paul abrió la boca para hablar, pero Daniel levantó la mano. Iba a tener que dar un paseo pronto, o acabaría golpeando a su hermano, con fuerza. "Tiene un hijo al que trato como si fuera mío y no puedo esperar a que tenga también a mi propio hijo. Los niños son una bendición, Paul. No significa que no haya mucho que aprender, y por supuesto, puede ser muy aterrador a veces cuando no sabes lo que estás haciendo, pero ¿eso significa que retrocedes, huyes?". Agitó la cabeza, su mirada clavada en la cara de Paul. "La forma en que tratas a Kathy es vergonzosa. ¡Esa mujer está luchando por mantenerse al día con todos sus quehaceres y ni una sola vez te estás ofreciendo a ayudarla! Pasas tu tiempo en la cabaña y luego estoy seguro de que tomas el camino largo a casa. Estás levantado al amanecer y fuera otra vez. Es como si estuvieras evitando a tu esposa y no sé por qué. Si mi esposa llevara a mi hijo, me moriría por sentir a ese niño patear, por sentirlo moverse bajo mis manos. Si fuera mi esposa, Paul, la trataría como a un cristal, me aseguraría de que tenga todo lo que necesita".

"¿Es eso cierto?" Paul se mordió, odiando que su hermano pequeño le estuviera sermoneando.

"Sí, así es", contestó Daniel, con la voz en alto. "Tienes una buena mujer, Paul, aunque parece que lo has olvidado." Mirando a su hermano, se dio la vuelta y se dirigió hacia el granero. Necesitaba un buen y largo viaje para disipar su ira antes de que pudiera siquiera pensar en volver a ver a su hermano.

"¡Bienvenida! ¡Entra!"

"Gracias", contestó Amanda sonriendo. "¡Te ves hermosa, Kathy!"

"Tonterías", se rió Kathy, agitando su mano. Amanda era una de las nuevas amigas de Kathy de la ciudad, y estaba encantada de presentarle a Sarah. Las tres mujeres se habían hecho muy cercanas y a menudo pasaban tiempo juntas.

Amanda tenía el pelo largo y castaño y ojos verdes muy oscuros, lo que la convertía en una de las mujeres más buscadas de la ciudad, pero hasta ahora había rechazado todas las ofertas de matrimonio.

"Así que", comenzó Amanda, aceptando una taza de té de Kathy. "¿Hay alguna noticia?"

Sarah colocó a David suavemente en el suelo, encima de la alfombra tejida a mano. "Ahora está gateando", contestó ella, sonriendo ante el chillido de alegría de Amanda.

"¡Oh, qué chico tan listo es!"

Kathy se rió. "¡Ciertamente lo es! ¡Se está metiendo en todo estos días!"

"Estoy segura", contestó Amanda riendo. "¿Y cuándo te mudas a la cabaña, Sarah?"

"La semana que viene", contestó Sarah, un ligero rubor en sus mejillas. "Iremos allí inmediatamente después de la boda".

Los ojos de Amanda adoptaron una mirada de ensueño. "Debes estar muy emocionada."

"Lo estoy", confesó Sarah. "No puedo esperar a ser la esposa de Daniel y a que David vuelva a tener un padre".

"Mmmm." Las tres mujeres se sentaron en silencio por unos momentos, mirando a David hacer su camino bastante inestable a través del suelo.

"Oh", comenzó Kathy, recordando sus otras noticias. "¡Parece que vamos a tener un nuevo vecino!"

"¿En serio? ¿Quién?"

"Un hombre llamado Matthew", contestó Sarah. "No es mucho, lo sé, pero parece que necesita un lugar para empezar de nuevo. Daniel y Paul le van a ayudar a convertir la vieja cabaña en un establo y luego a construir una nueva para él".

Amanda se puso pensativa. Cualquier hombre nuevo en la escena era interesante, por supuesto, pero ella todavía no había encontrado a alguien que le hiciera alegrar el corazón de emoción. De hecho, no había encontrado a nadie. "¿Es un granjero?"

"¡O intentando set uno!" Contestó Kathy, riéndose entre dientes. "Suerte para él que este terreno es bueno o que en pocas semanas será pobre y estará hambriento".

"¿Cuándo viene aquí?"

"Esta semana, creo", dijo Sarah, mirándola atentamente. "Estoy segura de que estará en la boda. ¡Puede que te lo presentemos entonces!"

"Como una vecina amistosa, por supuesto", interrumpió Kathy, con una sonrisa en los labios. Sabían que Amanda había estado buscando al hombre adecuado durante algún tiempo, y se preguntaban si este nuevo y misterioso Matthew sería ese hombre.

Amanda sonrió, sus ojos brillando. "Qué maravilloso", sonrió. "¡Parece que ahora estoy deseando que llegue tu boda con más emoción aún, Sarah!" Ella se rió, y tanto Sarah como Kathy se unieron también.

Capítulo Tres - Primera Reunión

"¡Muchas felicidades!"

"Gracias", sonrió Daniel, estrechando la mano de Matthew. "¡Este es el mejor día de mi vida!" Manteniendo su brazo firmemente alrededor de la cintura de Sarah, Daniel sonreía al hombre que estaba a su lado, su corazón más ligero de lo que lo había estado antes.

"Felicitaciones, señora", continuó Matthew, asintiendo a Sarah. "Permítame decirle lo hermosa que está hoy."

"Llámame Sarah, por favor", contestó ella, sus mejillas teñidas de rosa pálido. "Y gracias. ¡Ha sido un día maravilloso!"

La música empezó de nuevo, y Daniel apoyó a Sarah en su pecho. "¡Vamos, querida, empieza un vals! ¡Discúlpanos, Matthew!"

"Claro que sí" respondió Matthew, sonriendo al ver la forma en que Daniel sostenía tiernamente a su mujer mientras ésta comenzaba a moverse por la pista de baile. Se preguntaba si habría alguna esperanza para él, tener una mujer así en sus brazos.

Dado su pasado, parecía improbable, pero estaba aquí para empezar de nuevo y nadie necesitaba saber que una vez había estado en prisión. Levantando la copa hasta los labios, tomó un par sorbos, dejando que el whisky le quemara la garganta y le calentara el estómago. Mejor no pensar en eso. Era mejor olvidar lo que una vez fue y concentrarse en lo que sería. Sería un granjero, viviendo y trabajando en la tierra, ganando una vida honesta y siendo un hombre honesto.

Tal vez un día encontraría una buena mujer, pero ahora no era el momento. Tenía mucho trabajo que hacer primero. Viendo a Paul al otro lado de la habitación, se quitó el sombrero en señal de saludo, viéndolo levantar una petaca en respuesta. Matthew estaba agradecido por sus vecinos, particularmente porque parecían tan dispuestos a ayudarlo. Había mucho que hacer y Matthew ciertamente no era capaz de hacerlo solo. La parcela que había comprado necesitaba mucho trabajo para hacerla fértil, pero esa no era su necesidad más apremiante. La cabaña que había en el terreno necesitaba ser reparada. Se estaba quedando allí por el momento, por supuesto, pero podría desplomarse en cualquier momento. Pronto se convertiría en el granero y luego se construiría su nueva cabaña junto a esa. Tomaría un par de meses, pero Matthew tenía mucha paciencia. Tenía que ser así. Había sido lo único que le había ayudado a pasar su tiempo tras las rejas.

"¿Quieres bailar?"

Saliendo de sus pensamientos, Matthew parpadeó cuando una chica sonriente y pelirroja se paró frente a él. Sus manos estaban en sus caderas y ella le sonreía con un brillo en sus ojos. Sus ojos eran de un verde intenso, y Matthew sintió una repentina avalancha de calor sobre él. "¿Disculpe, señora?"

"Amanda, por favor. Nada de 'señora', ¿parezco una solterona?"

"Uh....no," tartamudeó, encontrando difícil responder coherentemente a una mujer tan enérgica. "Para nada."

"Me alegra oírlo", contestó Amanda, sus ojos bailando. "Entonces, ¿quieres bailar?" Sabía que no era lo correcto, que una mujer invitara a un hombre a bailar, pero estaba muy interesada en el guapo desconocido que había estado de pie en la esquina la mayor parte de la noche. Era alto y fuerte, su cabello debajo de su Stetson, que lo llevaba puesto, aunque estuvieran dentro. Era casi como si se hubiera estado escondiendo, pero ella estaba decidida a sacarlo de su esquina y llevarlo a la batalla.

Matthew tensionó su mandíbula, tratando de sacar las palabras. "Me temo que no soy muy buena bailarina, señora, quiero decir, Amanda."

"Tonterías", contestó con firmeza, moviendo la cabeza. "Todo el mundo sabe bailar. Y aunque no puedan, es igual de divertido intentarlo".

Su boca se secó mientras sus ojos se fijaban en sus largos y ondulados rizos castaños que bailaban mientras ella movía la cabeza. Era una belleza, eso era seguro, y Matthew no sabía cómo responder mejor a alguien tan encantadora como ella. De hecho, no estaba seguro de cómo responder a las mujeres en general, dado que había pasado tanto tiempo desde que pasó tiempo con una. No mentía cuando dijo que no era muy buen bailarín, luchaba por poner un pie delante del otro cuando había música sonando. Lo último que quería era pisarle los dedos de los pies.

"Vamos", dijo Amanda, tomando su mano y comenzando a caminar por la pista. "Yo te enseñaré".

No había respuesta a eso, así que Matthew se encontró caminando un poco entumecido, detrás de ella, y entre el remolino de parejas. La banda, al ver que más parejas se unían al baile, empezó otra ronda y el vals continuó.

"Ahora, sólo pon tu mano aquí, y luego toma mi otra mano y ¡vamos!" Amanda dijo, alegremente, esperando a que respondiera.

Matthew no dijo nada, sabiendo muy bien cómo sujetar a una mujer para el vals, sino simplemente sin estar seguro de si sus pies seguirían el ejemplo. La suavidad de sus curvas confundió aún más su mente y, mientras ella le sonreía, él agitó la cabeza, sintiéndose totalmente inútil.

Amanda sonrió suavemente, viendo su paso torpe y su cara reacia. "Sólo escucha la música y muévete", susurró ella, mirándolo durante un largo momento.

Matthew dejó escapar un largo suspiro y cerró los ojos. Escuchó la música y comenzó a mover los pies. Abriendo los ojos, se concentró justo por encima del hombro de ella, sin querer mirarla a la cara por temor a que ella lo distrajera más, y pronto se pusieron a bailar alrededor de la pista. No fue de ninguna manera el mejor vals de la noche, ni el más cómodo para Amanda, dado que él le había pisado en al menos dos ocasiones, pero la mirada en su cara compensó con creces eso. Sonreía, se relajaba con cada paso que daba, y Amanda no pudo evitarlo.

Ella lo besó.

Capítulo Cuatro - Una Mujer Decidida

"¡Buenos días!"

Kathy levantó las cejas mientras Amanda entraba en la casa, su canasta llena de toda clase de cosas. "Llegas temprano".

"Planeando ir a la parcela de Matthew hoy," Amanda contestó, su cara iluminada con una sonrisa. "Pensé que le vendría bien algo de sustento."

Kathy no dijo nada, sentándose en su silla con una expresión de preocupación en su cara. "¿Seguro que querrá verte?"

Amanda se encogió de hombros. "Aunque no lo haga, necesito hablar con él. Anoche huyó como un conejo asustado y no tuve oportunidad de explicarle".

"¡Besaste al hombre en medio de la pista de baile!" exclamó Kathy. "¡Va a pensar que quieres una proposición de matrimonio o algo así, Amanda!"

"¡Quizás sea así!" Amanda parpadeó, pero no vio una sonrisa en la cara de Kathy. "Oh, no seas así. Fue una tontería, lo sé, pero parecía tan feliz y...." Se calló, sus ojos se volvieron soñadores.

La boca de Kathy se abrió con sorpresa. "¿Quieres decirme, Amanda, que has encontrado a un hombre que te *gusta*?" Al responder Amanda con la cabeza, Kathy agitó la cabeza. "¡Eso es algo nuevo!"

"Es guapo, ¿verdad, Kathy? ¡Ese pelo oscuro y su apariencia misteriosa!"

"¿Apariencia misteriosa?"

"Sí, ya sabes, escondido en la esquina, sin decir mucho, sin querer conocer a la gente de inmediato."

"Tal vez es un poco tímido", sugirió Kathy, amablemente. "Probablemente le bastó con que lo arrastraras a la pista de baile, aunque nunca entenderé por qué pensaste en besarlo".

Amanda se rió. "¡Vamos, Kathy! No me digas que no ha habido momentos en los que hayas estado tan desesperada por besar a Paul que no te haya importado quién está cerca o qué estaba pasando".

"Supongo que tienes razón", contestó Kathy, sonriendo, aunque sintió que su corazón se rompía por dentro. Las cosas aún no se habían resuelto entre ella y Paul, y ahora que ella estaba en su séptimo mes, el tiempo se estaba acabando para ambos. Se estaba sintiendo sola. Ella lo extrañaba mucho y, aunque sólo había pasado un día desde que Sarah, Daniel y el bebé se habían mudado a su propia cabaña un poco más lejos, la tranquilidad de su cabaña la envolvía como un viento frío.

"Será mejor que me vaya", dijo Amanda, sonriendo a Kathy. "Sólo quería pasar y comprobar que estabas bien antes de salir. ¿Puedo traerte algo?"

"No, gracias, estoy bien", contestó Kathy, sentada un poco más adelante y presionando con una mano una ligera punzada en la espalda. "¡Este bebé está creciendo día a día!"

"Ya no falta mucho", contestó Amanda, alegremente. "¡Te veré pronto, Kathy!"

"¡Adiós!" Kathy respondió, viendo cómo se cerraba la puerta.

"No puedo decirte cuánto aprecio tu ayuda, Paul."

"No hay problema", contestó Paul, levantando su hacha. "Daniel dijo que estará aquí al final de la semana."

Matthew se rió, limpiándose la frente con el dorso de la mano. "¡Estoy seguro de que tendrá mucho para mantenerlo ocupado hasta entonces!"

"Estoy seguro que sí", sonrió Paul, limpiándose su propia cara sudorosa.

"¿Llevas mucho tiempo casado?"

"Un tiempo", contestó Paul, sin querer hablar de su matrimonio.

Matthew sonrió. "Tu esposa parece una persona encantadora. Me invitó a cenar las próximas noches, sólo para asegurarse de que estoy comiendo".

"Ella tiene un buen corazón", contestó Paul, honestamente. Kathy era una mujer amable y gentil.

No le sorprendió en lo más mínimo descubrir que ella le había hecho tal oferta a Matthew.

"¿Cuándo nacerá el bebé?"

"Pronto". La vergonzosa verdad era que Paul no sabía exactamente. Un escalofrío se apoderó de él y la culpa se apoderó de su alma. Las palabras que Daniel le había dicho hace unos días no habían salido de su corazón, de hecho, le habían perforado y se habían abierto camino hacia adentro. Se sintió culpable y avergonzado a la vez, pero aún no le había dicho nada a Kathy. Su orgullo se interponía en el camino, tal como lo había hecho cuando se conocieron.

"¡Hola!"

Una llamada repentina hizo que Paul levantara la cabeza, agradeciendo que su conversación sobre Kathy y el bebé se estuviera terminando. "¿Quién es?"

"Es esa mujer", contestó Matthew, con los dientes ligeramente apretados. "La del baile".

"Oh." La cara de Paul se partió con una sonrisa. "¿La que te besó?"

"Sí."

"Amanda, ¿quieres decir?"

"Sí, Amanda. ¿Qué hace ella aquí?"

"Parece que traer comida", dijo Paul, amablemente. Había visto la cara de Matthew desde el momento en que la vio y supo exactamente lo que estaba pasando en su corazón. El hombre estaba luchando entre la atracción y el deseo de escapar de sus garras. Paul no se sorprendió. Una mujer no besaba a un hombre en medio un baile de pueblo sin hacer que el hombre se preguntara sobre sus intenciones. Pero había algo en Amanda que le permitía salirse con la suya. Paul nunca había sido capaz de entender por qué, pero parecía que Matthew iba a ser el que se enfrentara al reto.

"Tal vez debería dejarlos a los dos", dijo Paul, en voz baja, dejando caer su hacha y caminando en dirección a su caballo. "Creo que necesito un buen trago después de eso."

"Gracias", murmuró Matthew, sus ojos entrecerrados mientras veía como ella se acercaba. Abandonó el baile después de que ella lo besara, sus mejillas ardiendo de mortificación. ¿Por qué lo había hecho? ¿Estaba tras una propuesta de matrimonio? Si ese era el caso, no era algo que ella iba a obtener de él. Lo último que quería era casarse, e incluso la atracción que sentía por su pelo rojo, sus ojos verdes y su sonrisa brillante no iba a afectar su determinación. Estaba seguro de ello.

Amanda sonrió al ver a Matthew mirándola con ira. Claramente, todavía estaba molesto por el beso, pero eso pronto se arreglaría. Estaba interesada en el hombre y no se avergonzaba de mostrarlo. Además, ¿quién no se tranquilizaría, ni siquiera un poco, con una canasta llena de tentaciones? Ella sonrió mientras se acercaba a él, apreciando la vista. Su camisa medio abierta, el Stetson, el sudor que se frotaba de la frente.

El hombre trabajaba duro, y eso la hacía sonreír aún más. Él era todo lo que ella había estado esperando.

Capítulo Cinco - Un Encuentro de Corazones

"¡Buenos días!"

Matthew no dijo nada, sintiendo el latido de su corazón, pero rechazando su atracción hacia en fondo de su corazón. Esa mujer no era más que problemas, la clase de mujer de la que sería mejor alejarse.

"Vamos", dijo Amanda, sus ojos parpadeando al ver su mirada. "¿No puedes seguir enfadado conmigo?"

"Bueno, lo estoy", contestó bruscamente. "¿Qué demonios creías que estabas haciendo?"

Se encogió de hombros, sin dejarse desanimar en lo más mínimo por su comportamiento. "Tienes unos labios muy besables."

Se sonrojó entonces, lo que le valió una sonrisa alegre de Amanda. Nunca había conocido a nadie como ella, su franqueza lo confundía y lo avergonzaba.

"Lo siento", se rió Amanda, dando unos pasos más cerca. "No debería haber dicho eso, pero sólo quería ser honesta."

Matthew se quitó el Stetson y se frotó el pelo con una mano, haciendo que se le pegara por todas partes. "No sé cómo hablar contigo", murmuró, agitando la cabeza. "No he conocido a nadie como tú antes, Amanda."

Ella sonrió entonces, un poco tímidamente, pensó. "Supongo que diría lo mismo de ti, Matthew", contestó ella, su voz un poco tímida.

"Hmph", fue su respuesta.

"¿No vas a preguntar qué hay en mi cesta? Te he traído algunas golosinas"

"¿En serio?" Matthew miró la canasta, reconociéndola como la ofrenda de paz que era. "¿Qué trajiste?"

"Algunos bocadillos, ya que ustedes están trabajando tan duro", contestó ella, sus ojos sonriendo mientras lo veía ponerse el Stetson de nuevo en la cabeza. "Más un frasco o dos de limonada." Ella sonrió mientras sus ojos se iluminaban, la limonada era un cambio bienvenido luego de su habitual cantimplora de agua ligeramente tibia.

"Gracias." Matthew tomó la canasta, caminando hacia la vieja cabaña y entrando por la puerta principal. Sacó cada cosa que ella había traído y la puso sobre la mesa, sonriendo al ver los frutos secos y los pasteles caseros que ella les había dado. "Es muy amable de tu parte, Amanda." Él le entregó la canasta, esperando que se fuera, pero ella no movió ni un músculo.

"¿Entonces este va a ser tu granero?"

Dejó escapar un respiro, deseando que ella lo dejara en paz. "Sí".

"¿Y tu nueva cabaña va a estar al lado?"

Un músculo de su mandíbula se movió. "Sí". Necesitaba seguir con su trabajo, pero esta mujer irritante no parecía querer irse.

Amanda miró alrededor del lugar. Definitivamente necesitaba ser reparado, pero al menos sería un buen establo. "¿Es aquí donde duermes?"

"Sí".

Agitó la cabeza, una ligera risa escapando de ella. "*Realmente* no quieres hablar conmigo, ¿verdad?"

Matthew sonrió, pero no miró a sus ojos. "¿Qué te hizo pensar eso?"

Se volvió a reír. "Vas a aprender a quererme, Matthew. ¡Te lo prometo!"

"¿Y por qué haría eso?"

Otra vez, esa sonrisa que le apretaba el estómago, mientras luchaba por mantener su cara vacía de emoción.

"Porque, ¿de qué otra manera te vas a enamorar de mí?"

La boca de Matthew se abrió, sus ojos se abrieron un poco mientras miraba a Amanda. Ahora se había subido a la mesa de la cocina, sus piernas balanceándose ociosamente mientras observaba su reacción.

Amanda sonrió un poco, su naturaleza traviesa riéndose por dentro ante su reacción. No importaba lo que él pensara de ella, ella sabía que él era el hombre para ella. Amanda había estado esperando durante mucho tiempo al hombre adecuado y estaba absolutamente segura de que el hombre adecuado era el que estaba frente a ella, el que en ese momento estaba balbuceando frente a ella, tratando de encontrar una respuesta. Sus mejillas aún estaban un poco rojas, pero eso sólo aumentó sus bellos rasgos. Se quitó de nuevo el Stetson, su cabello oscuro aún era un desastre, pero a ella no le importaba. Le daba una especie de belleza rústica que sin duda la atraía. Sus ojos se encontraron con los de ella, solo por un momento, y ella se encontró meditando si eran azules o verdes. En algún lugar en medio, decidió ella, aún esperando su respuesta.

Matthew no pudo encontrar nada que decir. Su expectativa de que él se enamorara de ella era un poco chocante, pero debería haberlo esperado de Amanda, dado lo que sabía de ella hasta ahora. Pero, aun así, él estaba luchando para encontrar cualquier tipo de respuesta coherente sobre su expectativa de que él se enamorara de ella. No podía enamorarse de nadie. Al menos todavía no. Su divorcio no había sido aprobado o, si lo había sido, no había recibido ninguna notificación de que así fuera.

"La idea de enamorarse de mí es tan sorprendente", preguntó ella en voz baja, saltando de la mesa y dando unos pequeños pasos hacia él. "Porque si no sabes que ya te sientes atraído por mí, entonces será mejor que empiece diciéndote que lo estás."

"¿Lo estoy?" Matthew respondió, tratando de no responder a su cercanía. Ella se estaba acercando cada vez más y él se encontró incapaz de dar un paso atrás. Ella le miraba a los ojos, los orbes de color verde intenso que le recordaban las esmeraldas brillantes que una vez sostuvo en su mano, las esmeraldas que terminaron encerrándole en la cárcel. "¿Qué te hace estar tan segura?" Esperaba que su respuesta, unida a la dureza de su tono, fuera suficiente para rechazarla, pero no fue así. Una leve sonrisa levantó la esquina de sus labios, sus ojos oscureciendo solo una sombra mientras continuaban manteniendo su mirada.

"Oh, Matthew", suspiró ella, su tono una suave burla. "¿No recuerdas lo que pasó cuando te besé?"

"No," llegó la respuesta cortante, consciente de que su cuerpo casi tocaba el de él. La necesidad de bajar la cabeza y besar sus labios rosados crecía casi a cada momento, pero se obligó a no moverse.

Amanda vio su lucha, riéndose un poco por dentro. En un rápido movimiento, ella se puso de puntillas, agarrándose a sus hombros, y le besó de nuevo, con fuerza.

Matthew no se movió hasta que sus fuerzas comenzaron a desaparecer. Era como hielo ante el fuego, derritiéndose en un charco mientras él le respondía lentamente. Sus brazos se movieron para sostener la cintura de ella, su rígida espalda relajándose poco a poco mientras movía su boca contra la de ella.

Después de un momento, Amanda rompió el beso, apartándose de sus brazos y mirándole a la cara. El aliento de Matthew era irregular, su único deseo era volver a tomarla en sus brazos una vez más.

"Ya ves", dijo en voz baja, sin rastro de humor en su voz. "Esta vez hiciste lo mismo que la última vez."

Matthew la miró fijamente, su respiración todavía desigual. "¿Qué hice?", se forzó a decir.

Amanda sonrió un poco tímidamente. "Me devolviste el beso", dijo ella simplemente, antes de recoger su cesta y abandonar la cabaña.

Capítulo Seis - He Sido un Tonto

"¿Qué quieres decir con que te besó de nuevo?"

Matthew gimió, pasando una mano por su cara. "¡No debí haberlo mencionado!"

Paul se rió, haciendo que su caballo sacudiera la cabeza. "No, no deberías haberlo hecho. No si no querías que hiciera ninguna pregunta". Se había abstenido de decir nada durante el resto del día, pero ahora que estaban de regreso a la casa de Paul, no podía permanecer en silencio por más tiempo.

Matthew agitó la cabeza. "Ella me confunde, esa mujer."

"Ella te quiere, eso es obvio."

"Sí", contestó Matthew, su cara sombría. "Ella dijo eso."

"Debo decirte", comenzó Paul, un poco más seriamente. "Que Amanda ha rechazado muchas ofertas de matrimonio antes."

"¿Lo ha hecho?" Matthew frunció el ceño. "¿Por qué fue eso?"

Paul se encogió de hombros. "¿Quién sabe? Algo sobre que ninguno de ellos era adecuado para ella. Mi esposa sabría más que yo".

"Oh." La mente de Matthew giraba con preguntas, preguntándose qué era lo que estaba haciendo que Amanda estuviera tan ansiosa por asegurar sus afectos. "¿No le importaba ninguno de ellos?"

"Supongo que no."

"Oh", dijo Matthew de nuevo, con el ceño fruncido. Esto no era lo que esperaba que pasara el día que compró la tierra en estos lares. Pensó que podría seguir adelante con su nueva vida, lejos de todas las dificultades de la anterior. Empezando de nuevo, él solo, haciendo una vida para sí. Una mujer nunca había estado en el plan, y ciertamente no una tan bella - o tan desconcertante - como Amanda.

"Parece que no eres tan indiferente a ella como decías", señaló Paul, al ver la mirada ligeramente distante en la cara de Matthew. "Es una buena mujer, por lo que sé, seguro que sería una buena esposa."

"No tengo ganas de casarme", dijo Matthew, un poco bruscamente. "Cuanto antes lo acepte, mejor".

Paul se rió. "¡Buena suerte consiguiendo que Amanda acepte cualquier cosa, Matthew! Esa chica es tan testaruda que normalmente lo consigue lo que quiere".

Bueno, ella no me tiene, pensó Matthew para sí mismo. *No importa cuánto lo intente, no me va a conseguir.*

"Gracias, Kathy, estuvo delicioso".

"Me alegra que te haya gustado", sonrió Kathy, levantándose de la mesa y limpiando los platos.

"Déjame ayudarte" exclamó Matthew, poniéndose de pie y quitándole los platos. "¡Parece que te vendría bien un descanso!"

Kathy sonrió, su corazón ya se le estaba ablandando con este hombre. "Es muy amable de tu parte, Matthew, gracias, pero no es necesario."

"Por supuesto que sí", insistió, mirando alrededor de la pequeña cocina. "Lavaré esto por ti, y luego será mejor que me vaya a casa."

Kathy captó la mirada de sorpresa en la cara de Paul mientras se dirigía a la estufa, sentada en la mecedora con un fuerte suspiro. Le dolían las piernas, habiendo estado ocupada en la casa todo el día. La cena no había tomado mucho tiempo, pero en estos días, se estaba cansando cada vez más con cada pequeña cosa que tenía que hacer.

"¿Cuánto tiempo te falta?"

"Un par de meses más", contestó Kathy, una sonrisa suave iluminando sus rasgos. "¡Estoy muy emocionada por conocerlo o conocerla!"

"¡Estoy seguro de que sí!" Matthew sonrió. "Paul no me dijo que estabas embarazada, Kathy, así que por favor asegúrate de no hacer demasiado, dándome de comer todas las noches."

"No es ninguna molestia", contestó Kathy, siendo esta vez la que insistió. "Sigue viniendo aquí cada noche y tendré la cena lista para los tres. Al menos hasta que llegue el bebé".

"Muy amable de tu parte", comentó Matthew, antes de volver a lavar los platos.

Paul, dándose cuenta de lo tonto que se comportaba al ser el único que seguía sentado a la mesa, se puso de pie y comenzó a limpiar los platos, asegurándose de dejarlos en la mesa tal como le gustaba a Kathy. Primero Daniel le había hablado de la forma en que estaba tratando a Kathy, y ahora ¡incluso Matthew estaba siendo más amable con ella que él! Su vergüenza cayó sobre sus hombros como una pesada carga, y estaba seguro de que su cara se había vuelto carmesí. Siguió con la charla hasta que finalmente Matthew se fue, dejándolo a él y a Kathy en paz.

"Bueno", comenzó Kathy, sintiéndose un poco incómoda. "Será mejor que me vaya a la cama."

"¿Quieres una taza de té o café primero?"

Levantó las cejas sorprendida, pero no dijo nada por el asombro de que Paul le ofreciera tal cosa. Una amabilidad tan pequeña, pero no había dicho nada parecido en los últimos meses. "Un poco de leche tibia podría ayudarme a descansar", contestó ella, en voz baja.

"Eso no es ningún problema", contestó Paul, sacando una olla pequeña. "Escucha, Kathy, tengo algo que decirte."

"¿Oh?"

Paul agitó la cabeza, vertiendo un poco de leche en la olla. "He sido un tonto."

Kathy no dijo nada, su corazón empezó a latir un poco más rápido mientras hablaba. Sus ojos se llenaron de lágrimas repentinas, y ella le miró fijamente, mirando su cabeza ligeramente inclinada y su comportamiento amedrentado.

"He sido una tonto, Kathy", continuó, moviendo la cabeza. "Debería haberte dicho hace mucho tiempo lo que sentía por el bebé, pero en vez de eso me he estado guardando todos mis miedos y preocupaciones para mí."

"¿Tienes miedo de tener un bebé?", preguntó, sus ojos abriéndose una fracción.

Paul asintió con la cabeza. "Sí. Sé que es ridículo, pero ver lo que el trabajo de parto le hizo a Anna, y luego sostener esa pequeña cosa...." Volvió a agitar la cabeza. "No sé cómo estar cerca de los bebés, Kathy. ¿Qué pasa si se me cae? o lo lastimo de alguna manera?" Sus ojos se volvieron hacia los de ella por primera vez desde que comenzaron la conversación, y ella vio la tortura en su cara.

"Oh, Paul", respiró ella, cualquier ira residual que sentía por él desapareciendo. "Todos tienen miedo cuando tienen bebés, estoy segura de eso."

Parecía sorprendido. "¿Quieres decir que tú también lo tienes?"

"¡Claro que sí!" se rió, una lágrima bajando por su mejilla. "¡Estoy aterrorizada! "¡Nunca he tenido un bebé antes!"

"Oh."

Ella agitó la cabeza hacia él. "Anna tuvo un parto difícil y largo, Paul", continuó. "Y le sacó mucho, no voy a fingir que no fue así - y tal vez eso me suceda a mí también." Ella levantó su mano cuando Paul comenzó a balbucear, pidiéndole que la dejara terminar. "Pero piensa en Anna ahora", sonrió, viendo la reacción en su cara. "Se ha recuperado completamente, ¿no? De hecho, probablemente está mejor de lo que nunca ha estado".

"Supongo", dijo Paul, lentamente, con el ceño fruncido. Kathy tenía razón. Su hermana estaba muy bien ahora, aparentemente amando la vida con su hijo pequeño.

"Entonces, ¿no crees que será igual conmigo?"

Se volvió hacia ella, arrodillándose a su lado. "No quiero perderte, Kathy."

"No lo harás", susurró ella, pasando una mano por su mejilla. "Te he echado de menos, Paul."

Su corazón se apretó. "Siento cómo te he tratado, Kathy. Estuvo mal por mi parte. Tanto Daniel, como Matthew, tuvieron que mostrarme cómo debería cuidarte".

"Ahora estás aquí", susurró Kathy, tomando su mano y colocándola suavemente sobre su estómago.

"¡Estoy segura de que él o ella estará feliz de conocerte!"

Los ojos de Paul se abrieron de par en par al sentir que el bebé se movía bajo su mano. Se había perdido de mucho, pero eso iba a cambiar de ahora en adelante. Él sería todo lo que el bebé necesitaba, y más.

Capítulo Siete - Escondiendo la Verdad

Para sorpresa de Matthew, Amanda apareció al día siguiente, y al día siguiente, ¡y luego al día siguiente! Se negaba a acercarse a ella o incluso a estar a solas con ella de nuevo, ignorando el remolino de atracción que sentía crecer constantemente en su corazón. Ella era persistente, eso era seguro, su brillante sonrisa calentando su corazón, la chispa en sus ojos lo sacudía cada vez que la miraba a la cara. Ella siempre estaba feliz, siempre alegre, y si él era honesto, su día se iluminaba cada vez que la veía. De hecho, él casi estaba deseando verla hoy.

"Tienes esa mirada en tu cara", bromeó Paul, limpiándose la frente. Las reparaciones de la cabaña estaban casi terminadas y pronto sería el momento de comenzar con la nueva cabaña. La verdad es que la vieja cabaña ya se sentía más como un granero que como una cabaña, y Matthew estaba deseando tener pronto su propia casa.

"¿Qué mirada?" Daniel preguntó, fingiendo que no estaba al tanto de lo que estaba pasando. Paul le había informado de los detalles, y Daniel había sido capaz de ver la sonrisa que había aparecido en la cara de Matthew la última vez que Amanda apareció.

Matthew agitó la cabeza. "Vamos, sé de lo que estás hablando. Y no, no tengo ninguna mirada en mi cara."

"Sí la tienes", continuó Paul, con una sonrisa en la cara. "Es como un anhelo de algo."

"O alguien", interrumpió Daniel, riéndose para sí mismo. "Creo que tienes suerte, Matthew. ¡Estoy seguro de que puedo oír el sonido de los cascos de los caballos que vienen hacia nosotros!"

Matthew no dijo nada, aunque su corazón saltó en su pecho al darse cuenta de que él también podía oírlos. Disparando una mirada a Paul y Daniel, él se fue a encontrar a Amanda, viendo su sonrisa brillante en el mismo momento en que ella apareció a la vista.

"¡Buenos días!" Dijo Amanda, sus ojos parpadeando. "Me estabas esperando, ¿verdad?"

"No", contestó Matthew, con firmeza. "De hecho, fue Daniel quien me dijo que oyó cascos de caballo."

"¿Entonces por qué no viene a saludarme?" Se rió al verle sonrojarse. "¡Dios mío, Matthew, no tienes que seguir fingiendo!"

"No estoy fingiendo", contestó Matthew, sabiendo muy bien que era mentira. "Sólo quiero ver lo que nos has traído hoy."

"Oh." La luz de sus ojos se oscureció un poco, y Matthew se pateó a sí mismo por sus palabras. Habían sido un poco más duras de lo que él pretendía, pero no podía dejar que ella siguiera esperanzada cuando él no era capaz de darle lo que quería.

Amanda saltó de su caballo, aterrizando ligeramente, antes de caminar hacia el otro lado y bajar la canasta con cuidado. No estaba segura de si Matthew había querido decir lo que había dicho, dada la forma en que le había respondido hace unos días, pero no se habían besado desde entonces, y por alguna razón, tuvo la impresión de que él estaba escondiendo sus sentimientos hacia ella, incluso de sí mismo. "Llevaré esto al granero, ¿de acuerdo? Todavía tiene una mesa dentro, ¿no?"

"Sí," contestó Matthew, siguiéndola. Trató de mantener los ojos en el suelo, pero ellos se negaron a obedecerle, viajando sobre su figura y persistiendo en sus cabellos castaños que rebotaban mientras ella caminaba. La mayoría de las mujeres que él conocía llevaban el pelo apretado en un moño, pero no Amanda. Dejaba sueltos sus bucles y, bajo el sol, eran gloriosos.

Al ver a Daniel y a Paul sonriéndole, Matthew bajó la cabeza y entró en el granero, viendo a Amanda ya poniendo sus provisiones sobre la mesa. "No tienes que seguir haciendo esto, sabes."

"Lo sé", contestó ella, mirándole fijamente. "No me importa, Matthew." Se volvió hacia él, su cara un poco confundida. "Quiero decir, si prefieres que no venga más…." Al terminar, ella estudió su cara, preguntándose si había logrado hacer un desastre al perseguirlo tan intensamente.

Matthew quería decir que sí, en realidad, ella podía dejar de venir, él preferiría que no lo hiciera, pero él sabía que era mentira. Su cara empezaba a parecer triste, y él no podía apartar su deseo de tomarla en sus brazos. "No", dijo, casi con fuerza. "No, Amanda. No quiero que dejes de venir". Avanzando hacia delante, agarró su barbilla con una mano, cogiendo el más breve indicio de sorpresa en sus ojos antes de bajar la cabeza. Su beso fue apasionado y fuerte, recobrando el aliento y exigiendo una respuesta.

Amanda no sabía qué pensar. En un momento, él estaba allí de pie, con un aspecto increíblemente malhumorado y casi enfadado - ¡y al siguiente, la había cogido en sus brazos y la estaba besando! Decidida a no preocuparse por eso por el momento, ella respondió a su beso, abrazando su cuello y besándolo con un fervor que la asustaba y la regocijaba. Despertó en ella sentimientos que nunca antes había experimentado y, al empujarla contra la mesa de madera, sintió crecer en su pecho una excitación que le hacía jadear de aliento.

Matthew necesitaba parar. Necesitaba alejarse, pero no podía. Ella era como el agua para un moribundo, y su respuesta a él sólo avivaba el fuego dentro de él. Pasando sus dedos por sus largos cabellos, la presionó contra la mesa, todo pensamiento coherente desapareciendo de su mente. Sus dedos se abrieron paso entre sus cabellos, y él emitió un ligero gemido, que la hizo saltar de sorpresa.

Eso fue lo que lo detuvo. Retrocediendo un poco, rompiendo su beso, él la miró a los ojos de ella, que estaban entrecerrados y llenos de deseo. "No debería haber hecho eso", murmuró, alejándose por completo. Sus manos cayeron de la cintura de ella, y se pasó una mano por su pelo. "Lo siento, Amanda."

"¿Lo sientes?", jadeó, sus ojos abriéndose de par en par. "¿Por qué lo sientes, Matthew? ¡Lo que acaba de pasar entre nosotros fue algo bueno! ¿Por qué lo lamentarías?"

Porque sigo casado, Matthew pensó para sí mismo, aunque no dijo nada. Ya debería estar divorciado, se convenció a sí mismo, tratando de limpiar su conciencia. "No sabes nada de mí, Amanda. ¡Apenas nos conocemos! No debería tomarme esas libertades".

"No es como si no te estuviera invitando", contestó ella, un poco tímidamente. Caminando más cerca de él, ella puso una suave mano sobre su pecho. "Puedo sentir tu corazón latiendo más rápido cuando estoy cerca de ti, Matthew. Sé que estás empezando a sentir algo por mí."

Matthew gimió en voz alta, inclinando su cabeza hacia atrás para mirar fijamente al techo. "Por supuesto que sí", gruñó, bajando la cabeza para mirar a los ojos de ella. "Ese es el problema."

Frunciendo el ceño, pensó en sus palabras, viendo las emociones conflictivas en sus ojos. Abriendo la boca para preguntarle qué quería decir, fue interrumpida por Paul, que entró tropezando en el granero, con la cara blanca como una sábana.

"Tengo que irme, Matthew", gritó, acercándose a ellos. "¡El bebé.... el bebé está llegando!"

"¿El bebé?" Matthew hizo eco, un poco confundido, antes de darse cuenta con asombro de lo que Paul quería decir. "¿El bebé? Pero, ¡todavía no está a tiempo!"

"Sé que no está a tiempo", gritó Paul, agarrando las solapas de Matthew. "Por favor, ve al pueblo y trae a la comadrona. ¡Tráela a mi casa tan rápido como puedas!"

"Por supuesto que sí, por supuesto. ¡Ve con Kathy, Paul - y no te preocupes!" Tanto él como Amanda observaron cómo Paul salía corriendo del granero, antes de volverse el uno hacia el otro. "Ni siquiera sé dónde está la comadrona", murmuró, moviendo la cabeza.

"Bueno, yo sí", contestó Amanda, recogiendo su cesta vacía. "Así que vamos."

Siguiendo rápidamente a Amanda de vuelta afuera, Matthew corrió a ensillar su caballo encerrado en el corral, antes de montar rápidamente. Ella ya lo estaba esperando y, juntos, regresaron al pueblo tan rápido como pudieron.

Capítulo Ocho - Una Llegada Prematura

"¿Kathy?"

Kathy levantó la vista de su silla y vio la cara blanca de Paul mientras corría a su lado. "Kathy, ¿estás bien?"

"No", respondió, cuando otro dolor la atravesaba. "El bebé va a nacer, Paul".

"Lo sé, lo sé", murmuró, suavizando su pelo. "Estarás bien".

"Pero es demasiado pronto", gritó Kathy, su cara retorciéndose de dolor. "¡Debería faltar otro mes!"

"Shhhhh, shhh," Paul la calmó, orando a Dios para que Él cuidara de Kathy y de su bebé. "Tal vez te equivocaste de fecha, Kathy. No importa, de todos modos. La comadrona llegará pronto".

Kathy asintió, su cara exhausta por el cansancio y el dolor. "Tengo miedo, Paul", susurró ella, agarrando su mano.

Paul trató de sonreír, aunque él también se sentía increíblemente asustado. "Lo sé, pero eres una mujer valiente, Kathy. Tú puedes hacerlo. Ahora, vamos a llevarte al dormitorio mientras podamos, ¿de acuerdo?"

"Bien", susurró ella, apoyándose en él mientras se dirigían al dormitorio.

Los dolores habían comenzado más temprano ese día, y ella lo atribuía a los dolores de práctica que había estado sintiendo durante algunos días. En vez de desaparecer, como siempre lo habían hecho antes, habían crecido en intensidad, hasta que Sarah la convenció de que necesitaba ir a buscar a Paul. Cuán agradecida estaba que Sarah la hubiera visitado, pues de lo contrario se habría quedado sola en casa, esperando a que Paul volviera para la cena, ¡y quién sabe lo que podría haber pasado en ese tiempo! Inhalando profundamente mientras otro dolor la golpeaba, cerró los ojos fuertemente y se agarró a la mano de Paul. Sarah le había dicho que respirara a través del dolor y, por el momento, era lo único en lo que podía concentrarse. Sólo esperaba que la comadrona llegara pronto.

Unas horas más tarde, Kathy estaba descansando cómodamente, sus brazos acunando a su bebé recién nacida.

"Lo hiciste muy bien", le dijo la comadrona, con un brillo en los ojos. "¡Eres una mujer buena y fuerte, Kathy! Estoy segura de que pronto tendrás una casa llena de niños".

"Gracias", susurró Kathy, como si no quisiera despertar al niño dormido.

Paul se abrió paso por la puerta, con dos tazas en las manos. "¿Estás bien, Kathy?"

Ella le sonrió, suavemente. "Por supuesto, Paul. De la misma forma que yo estaba bien la última vez que viniste a ver cómo estaba".

"Esta vez traje té", bromeó, con una sonrisa en la cara. Habían sido unas horas aterradoras, a pesar de que se las había arreglado para ocultar sus sentimientos a Kathy. Verla con tanto dolor, incapaz de hacer nada al respecto, había sido una experiencia horrible. La tranquilidad de la partera y la determinación de Daniel de mantenerlo fuera de la habitación habían sido las únicas cosas que lo habían ayudado a superar.

"Gracias." La comadrona aceptó una taza agradecida, recogiendo sus cosas. "Llevaré esto a la habitación de al lado, te daré unos minutos."

Esperando hasta que la partera se hubiera ido, Kathy se volvió hacia Paul, pidiéndole que pusiera su taza de té en la mesita junto a la cama. "¿Quieres abrazarla?"

Paul tragó un bulto repentino en su garganta. "¿Y si la dejo caer?" Sus ansiosos pensamientos llenaban su mente mientras miraba el pequeño bulto en los brazos de su esposa. No sabía cómo sostener a un bebé, probablemente era mejor que se quedara donde estaba.

Kathy agitó la cabeza, viendo su miedo pero negándose a dejarlo ganar. "No lo harás, Paul. ¡Ella es tu hija! Tienes que cargarla. Confía en que puedes hacer esto, Paul. Por ella." Sus ojos eran insistentes, su voz alentadora a pesar de lo cansada que se sentía.

Este era el momento en que Paul necesitaba dejar sus miedos y sostener a su bebe. La única forma en que podría seguir adelante.

Paul se movía torpemente, sin estar seguro de cómo levantar al bebé, pero Kathy le ayudó a sostenerla apropiadamente, teniendo cuidado de sostener su cabeza. Se sentía extraño y un poco incómodo, pero Paul estaba decidido a intentarlo. Pronto, estaba sentado en el borde de la cama, sosteniendo el pequeño bulto en sus brazos. Kathy sonrió, cogiendo su taza de té y tomando un sorbo. Sabía de maravilla. Su corazón estaba lleno. El nacimiento había sido largo y doloroso, pero todo había valido la pena.

A pesar de que su bebé era prematuro, estaba saludable, según la comadrona. Un poco pequeña, pero la leche de Kathy pronto la ayudaría a crecer. Fue un milagro asombroso, pensó Kathy, pensar que tanto ella como Paul habían creado esta vida. Ahora se sentía más cerca de él, sus diferencias pasadas olvidadas. Paul iba a ser un padre maravilloso y cariñoso, ella lo sabía con certeza. Ver la forma en que miraba la pequeña cara de su hija llenó su corazón de amor. Poniendo su taza de nuevo sobre la mesa, dejó que sus ojos se cerraran mientras se dormía exhausta, con una suave sonrisa en su rostro.

"Es tan pequeña", susurró Paul, encontrando la mano de su hija y viendo cómo sus dedos se enroscaban alrededor de la suya mientras dormía. Apenas podía creer que ahora era padre. ¡Un padre! Sacudiendo la cabeza, miró a Kathy, sonriendo mientras la veía dormida. Ella estaba exhausta, sin duda, y él estaba contento de poder dejarla dormir. Colocando a la niña en la cuna preparada, salió de la habitación, dando a su esposa una última y larga mirada.

"¿Cómo está?", preguntó la comadrona, poniéndose de pie.

"Está dormida", contestó Paul, manteniendo la voz baja. "¡Parece agotada!"

"¡Claro que sí!", se rió la comadrona, acariciando su brazo. "¡Ha dado a luz a tu hija!" De repente, ella le echó una mirada severa y movió el dedo hacia él. "Ahora, no más bebés hasta por lo menos un año, jovencito. Dale tiempo para que se recupere. Tu esposa necesita tiempo para adaptarse a ser madre - ¡y además tiene que alimentar a su bebé! ¿Lo entiendes?"

"Sí", contestó Paul, un leve sonrojo en sus mejillas. "Yo me ocuparé de ella. Me encargaré de las dos".

"Me alegra oírlo", contestó ella, de vuelta a su estado alegre. "Volveré mañana para ver cómo están las dos. Sabes dónde estoy si me necesitas antes de eso".

"Gracias", dijo Paul, tomando su mano. "Estoy realmente agradecido."

Ella sonrió, dándole palmaditas en la mano con su mano libre. "Cuida de ellas ahora, Paul. Vas a ser un padre maravilloso".

Apenas puedo creerlo, pensó Paul, viendo a la comadrona salir. *¡Soy padre!*

Capítulo Nueve - ¡El Secreto Salió a la Luz!

Amanda se acercó a la cabaña, preguntándose qué le iba a decir Matthew esta mañana. Una suave sonrisa iluminó su rostro mientras pensaba en la última vez que habían estado juntos. Se sentía atraído por ella, ella lo sabía con certeza, pero todavía había una ligera vacilación en él, como si se estuviera negando continuamente. Su sonrisa se oscureció y su frente se arrugó al recordar cómo se disculpó por besarla, retrocediendo y agitando la cabeza. Él estaba confundido y arrepentido, mientras que ella sentía exactamente lo opuesto. El calor la había inundado, hasta la médula, y ella no quería más que volver a sus brazos, pero él se había alejado aún más de ella. Él la estaba confundiendo, por no decir más, y ella tenía la intención de hablar con él hoy, de resolver lo que estaba sucediendo de una vez por todas.

Cuando llegó, no pudo encontrar a Matthew. No estaba en el corral, pero su caballo estaba allí, lo que significa que no había ido a ninguna parte. Daniel no había llegado todavía y Paul se estaba tomando unos días para estar con su esposa y su nuevo bebé. Entrando en lo que ahora era el granero, ella miró a su alrededor pero no vio ninguna señal de él.

"¡Amanda!"

Ella gritó, saltando ante el inesperado sonido de su voz, solo para escuchar sus risitas resonando a su alrededor. "¿Dónde estás?", dijo ella, girando la cabeza de un lado hacia el otro.

Matthew sonrió, disfrutando bastante viéndola desde su posición ventajosa. "Aquí arriba". Había trepado al alero, con la intención de construir algún tipo de plataforma en la que pudiera trepar. Sería un buen espacio para almacenamiento o una cama de repuesto, en caso de que algún viajero esté buscando un lugar para quedarse. "Bajaré".

"No, por favor, no te preocupes", contestó Amanda, con una mano todavía en su frenéticamente palpitante corazón. "Sólo me asustaste, eso es todo. Además, todavía puedo hablar contigo desde aquí." Tratando de calmar su respiración, entrecerró los ojos al ver su sonrisa traviesa, sabiendo muy bien que había disfrutado dándole un susto. "¿Qué estás haciendo?"

"Estoy pensando en construir un piso aquí", dijo, señalando a un par de vigas. "Creo que podría ser un buen lugar para el heno."

"Oh." Amanda se encogió de hombros. Ella sabía muy poco de ese tipo de cosas, aunque le gustaba que él fuera práctico con sus manos. Ella sonrió con un brillo en los ojos, preguntándose por un momento si sería capaz de construir cosas como cunas y catres. "¿No quieres saber lo que te he traído?"

"Siempre", sonrió, pensando que hoy se veía bastante guapa. Hizo una pausa dijo su trabajo por un momento y pensó en cómo sería tenerla cerca todo el tiempo. Tenerla en su casa. Tenerla como esposa. Para su sorpresa, en lugar de rechazar inmediatamente otro pensamientos como esos, se encontró sonriendo. Tener a Amanda como su esposa sonaba como una perspectiva muy atractiva, para ser honesto. Viéndola hablar de lo que había traído, poniendo las cosas sobre la mesa como siempre lo hacía, se dio cuenta de lo vacía que estaría su vida sin ella. Lo mucho que la echaría de menos si no apareciera. De hecho, él estaba deseando verla. Paul y Daniel tenían razón. Estaba enamorado de la dama.

Un impulso repentino lo empujó a bajar hasta que estaba de pie a su lado, una cálida sensación floreciendo en su pecho mientras la acogía. Toda ella. Ella estaba gloriosa. Sus ojos verdes, mostrando un poco de confusión, se concentraron en su rostro y ella se mojó los labios, como si estuviera un poco nerviosa. Sonrió, acercándose y cogiendo sus manos. "Gracias por venir hoy", dijo en voz baja, pasando sus pulgares sobre el dorso de sus manos. "Estaba deseando verte."

"¿En serio?" Amanda sintió que su corazón se aceleraba al mirarle a los ojos, viendo una ligereza en ellos que no había estado allí antes. "Pensé, después de la última vez… "

"La última vez, estaba confundido", contestó él, simplemente. "Pero ya no lo estoy."

Amanda levantó las cejas. "¿No lo estás?"

"No", respiró, acercándose cada vez más. "No lo estoy. Sé exactamente lo que quiero".

"¿Y qué es eso?", susurró ella, sintiendo su aliento caliente en su mejilla. Los dedos de sus pies se rizaron mientras él bajaba la cabeza aún más, sus labios no se tocaban del todo.

"Tú", murmuró, antes de captar completamente sus labios.

Poco tiempo después, Matthew y Amanda estaban sentados juntos en el único sillón que quedaba en el granero. Era un poco incómodo, pero ninguno de los dos se quejó. Amanda estaba en paz, envuelta en los brazos del hombre que había comenzado a amar. Sus besos habían sido una llama para su alma, sus sentimientos estallando en vida. Él había atenuado su deseo, por supuesto, y ella estaba agradecida por ello. Estaba demostrando ser el caballero que ella ya sabía que era.

"Oh, lo olvidé", murmuró. "Recibiste un telegrama hoy."

"¿Oh?" Matthew contestó, perezosamente, con los ojos medio cerrados. "¿Y te lo dieron a ti?"

"No seas atrevido", se rió, clavándole un codo en las costillas. "El jefe de correos sabía que venía todos los días, así que pensó que sería la forma más rápida de hacértelo llegar".

"Mmm." A Matthew no le importaba ningún telegrama. Todo lo que le importaba era que tenía a Amanda en sus brazos, y todo su mundo finalmente estaba acomodándose. Estaba contento, sabiendo que

con Amanda a su lado, finalmente tenía un hogar.
Este lugar siempre tuvo la intención de ser su nuevo
comienzo, y Amanda era más de lo que él nunca
había soñado.

"¿No quieres leerlo?"

Matthew se encogió de hombros, inclinando su
cabeza hacia atrás contra la parte superior de la silla y
cerrando los ojos completamente. "Lo leeré más
tarde."

Ella resopló, poniéndose de pie y riendo
mientras él gemía ante su inmediata ausencia.
"Enseguida vuelvo, voy a recoger el telegrama."
Colocándose de nuevo en su regazo, movió el trozo de
papel frente a su cara, pero él no reaccionó. "Bien, te
lo leeré", dijo ella, viendo su leve asentimiento. "¿Y si
son malas noticias o algo así?"

Sus dedos crujieron contra el papel, y Matthew
se sacudió alarmado, dándose cuenta de repente de lo
que podría ser el telegrama. "Dámelo, Amanda", dijo,
tratando de quitárselo. "Acabo de darme cuenta… "

Amanda frunció el ceño, saltando de su regazo
y poniéndose de pie. "¿De qué?"

"¡Dije que me lo dieras, Amanda!" Su tono era
serio, sus ojos parpadeando mientras extendía la
mano para coger el telegrama, pero Amanda no estaba
dispuesta a aceptar.

"¿Qué hay en este telegrama que no quieres
que vea, Matthew?", preguntó ella, poniéndolo fuera

de su alcance. "¡Hace un momento estabas muy contento de que yo lo leyera!"

"Sólo dámelo, por favor", gritó Matthew, deseando que Amanda no fuera tan intuitiva. "Es mío, después de todo, Amanda."

Amanda se acercó a la mesa, sabiendo que debía entregarle esto a Matthew sin dudarlo, pero algo en ella se negó a hacerlo. Había algo en esto que él no quería que ella viera, y a ella no le gustaban los secretos. Sea lo que sea, debía ser serio para él querer esconderlo de ella.

"No hagas esto, Amanda", suplicó Matthew, su voz tambaleándose, pero no sirvió de nada.

Con manos temblorosas, Amanda abrió el telegrama con el pulgar, leyó las pocas palabras y dejó caer el papel. Con la cara pálida, le miró con asombro, antes de salir corriendo del granero.

La Reconciliación

Pasaron dos semanas y Matthew no vio a Amanda. Era como si ella hubiera desaparecido por completo de su vida, y él tenía la culpa de todo. El telegrama le informó que su esposa había firmado finalmente los papeles del divorcio y que pronto sería un hombre libre, y aunque eso le daba una sensación de alivio, no era nada comparado con el dolor que sentía por la pérdida de Amanda. Estaba tan seguro de que nunca tendría que compartir esa parte de su pasado con ella que se la había ocultado deliberadamente, prometiéndose a sí mismo que ni siquiera sugeriría matrimonio hasta que estuviera seguro de que estaba divorciado. Quitándose el Stetson, se pasó una mano por el pelo, gimiendo en voz alta por la agonía de su corazón.

"¿Matthew?" Paul se acercó a él, dándole una palmada en la espalda. "¿Cómo estás?"

"Muy bien", contestó, un poco torpe. "Parece que podríamos terminar el techo para el fin de semana."

Paul se apoyó en la cerca de madera que rodeaba al corral, fijando su mirada en él. "Eso no es lo que quise decir."

"Lo sé", dijo Matthew, muy pesadamente. "No quiero hablar de ello, Paul."

"Bueno, no te está haciendo ningún bien estar deprimido todo el tiempo", contestó Paul, enfáticamente. "Te has mantenido alejado de Amanda tanto como ella de ti."

Matthew frunció el ceño, volviéndose un poco más hacia Paul. "¿Qué quieres decir? Me he mantenido alejado porque ella no quiere verme."

"¿Cómo sabes eso?"

"¡Se alejó de mí!" exclamó, exasperado. "¡Después de lo que le oculté, tampoco me sorprende!"

Paul se encogió de hombros. "¿Y si está esperando que vayas a verla? ¿Para explicar las cosas? ¿Qué pasa si, al mantenerte alejado, estás haciendo más daño que bien?"

Matthew abrió la boca para responder, pero se dio cuenta de que no tenía nada que decir. Cerrando con firmeza, se dio cuenta de que lo que decía Paul tenían sentido. Tal vez debería ir a verla. "Ni siquiera sé dónde vive."

"Eso no importa", contestó Paul, con una ligera sonrisa en la cara. "Parece que hoy iba a visitar a Kathy y a la bebé Jessica".

"Oh, ella es simplemente hermosa", dijo Amanda, abrazando al bebé con fuerza. "Qué ojos tan hermosos tiene, Kathy."

"Gracias", contestó Kathy, sonriendo al ver a Amanda mecer a la bebé Jessica. Sarah también sonrió, su propio hijo, David, ocupado arrastrándose por el suelo. "No puedo decirte lo bueno que es verte, Amanda. Paul dice que no te ha visto mucho en la granja de Matthew".

"Sí", contestó Amanda, un poco pesadamente. "No he ido desde hace mucho tiempo." Su corazón

seguía adolorido, agravado por el hecho de que
Matthew no había ido tras ella, no la había buscado
para explicárselo. “Matthew y yo… tuvimos un
desacuerdo.”

“¿Oh?” Preguntó Sarah, su cara preocupada.
“Pensé que las cosas iban bien.”

“Así era”, contestó Amanda. “Hasta que
descubrí que ya estaba casado.”

Kathy jadeó en voz alta. “¿Qué?”

“Es verdad”, lloró Amanda, tratando de
concentrarse en el bebé y evitar que sus lágrimas
fluyan. “Recibió un telegrama diciendo que su esposa
finalmente había firmado los papeles del divorcio.”

“Oh, Dios mío”, respiró Sarah, completamente
sorprendida. “Qué horrible”.

Kathy agitó la cabeza. “¿Y no has sabido nada
de él desde entonces?”

“No”, susurró Amanda, limpiando una lágrima
que había logrado escapar. “No ha venido a hablar
conmigo.”

“Es un tonto”, comentó Kathy, moviendo la
cabeza. “¡Parece que todas hemos acabado con
hombres que nos ocultan su pasado!”

Amanda frunció el ceño, sentada en la
mecedora vacía junto al fuego y la pequeña Jessica
que estaba dormida en sus brazos. “¿Qué quieres
decir?”

Sarah y Kathy compartieron una mirada de complicidad. "No creo que nunca te lo hayamos dicho", comenzó Sarah. "Pero nuestros dos maridos, bueno, nos ocultaron cosas."

"¿Oh?" Amanda escuchó atentamente primero a Kathy, y luego Sarah le contó todo sobre su pasado. Sus cejas se levantaban cada vez más altas, su boca se abría asombrada al enterarse del robo de Paul y del pasado alcohólico de Daniel. "¿Pero se quedaron con ellos de todos modos?"

"Cambiaron", contestó Kathy, encogiéndose de hombros. "Dada la oportunidad de redimirse, se demostraron a sí mismos y a nosotras que estaban dispuestos a cambiar, a ser los hombres que necesitábamos que fueran."

Amanda asintió, lentamente. "Nunca lo hubiera imaginado", dijo en voz baja, su mente zumbando. Lo que Matthew había hecho al ocultarle eso le dolía, le rompía el corazón, pero ¿debía eso impedir que ella estuviera a su lado por el resto de sus vidas? ¿Renunciaría a todo por un error?

Al no tener tiempo para pensar más, la puerta se abrió y Matthew entró. "Disculpa, Kathy, por irrumpir así, pero necesito hablar con Amanda."

Con los ojos bien abiertos, Kathy hizo un gesto a Amanda quien, después de un momento, se puso de pie y le entregó el bebé dormido a Kathy, antes de seguir a Matthew afuera.

Amanda se puso nerviosa frente a Matthew, retorciendo sus dedos hacia adelante y hacia atrás, traicionada por su ansiedad. Le resultaba difícil mirar su rostro, manteniendo su mirada entre su pecho y su barbilla.

"Amanda", Matthew se las arregló para decir, encontrando esto mucho más difícil de lo que había anticipado. "Sólo quería decir que lo siento."

Un largo silencio pasó entre ellos. Amanda sintió que sus ojos comenzaban a llenarse, pero parpadeó con furia. Su disculpa era bien intencionada, pero ella encontró que el dolor en su corazón sólo se profundizaba más "Me has herido de verdad, Matthew", dijo ella, suavemente, viendo el remordimiento en su cara. "¿Por qué no viniste tras de mí? ¿Por qué me dejaste sola tanto tiempo?"

"No pensé que querrías verme", contestó, moviendo la cabeza. "Paul fue quien me dijo que viniera a verte. Siento que me haya llevado tanto tiempo darme cuenta de que necesitaba explicarme".

Esa era la cuestión. "En el momento en que leí ese telegrama, fue como si el mundo se hubiera partido en dos. ¡No entiendo por qué no me lo dijiste!"

"Debí haberlo hecho", confirmó Matthew, quitándose el sombrero de la cabeza y pasando una mano por su cabello. "Debí hacerlo, Amanda. Supongo que no lo hice porque me avergüenzo de mi pasado".

Ella lo miró, sus ojos enfocados y firmes. "¿Por qué? ¿Qué hiciste?"

Cerrando los ojos por un momento, consiguió mantener su mirada mientras hablaba, queriendo ser verdaderamente honesto con ella por primera vez. "Muchas cosas de las que me avergüenzo, Amanda. También terminé en la cárcel por un tiempo". Se encogió interiormente, pero no vio conmoción o burla en su cara. "Me casé con una de las chicas de la taberna, pero me metieron en la cárcel inmediatamente después. Estuve encerrado un par de meses. Me dio tiempo para pensar, eso puedo decírtelo". Mirando sus manos, agitó la cabeza. "Me di cuenta de lo equivocado que había estado, de lo mucho que había malgastado mi vida. Así que, decidí venir aquí y empezar de nuevo." No quería entrar en detalles sobre lo que había hecho, decidiendo que los detalles básicos eran todo lo que ella necesitaba oír. Era una parte de su vida que ya no quería recordar, su brillante futuro frente a él.

"¿Qué hay de tu esposa?" preguntó Amanda, sus ojos abriéndose un poco más mientras Matthew continuaba con su historia.

Matthew dejó salir una risa corta y sin alegría. "No estaba muy contenta, te lo aseguro. Se negó a firmar los papeles para liberarme, casi como un acto de venganza. Tuve que pagarle, pero incluso entonces ella no quería complacerme".

"Por eso recibiste el telegrama", murmuró Amanda.

Matthew asintió. "Sí, exactamente. Parece que finalmente ha cedido. Mi divorcio llegó." Abrió bien los brazos. "Soy un hombre libre, Amanda."

Ella lo observó durante un momento, su corazón cayendo un poco más antes de elevarse a nuevas alturas. "¿Qué es exactamente lo que ofreces, Matthew?"

Él le dio una pequeña sonrisa. "Te ofrezco mi corazón, Amanda, tan roto y desquiciado como está. He cometido errores, muchos de ellos, pero no volveré a mentirte".

Ella sonrió entonces, recordando lo que Kathy y Sarah habían dicho. *Cuando se les dio la oportunidad de redimirse, se demostraron a sí mismos y a nosotras que estaban dispuestos a cambiar, a ser los hombres que necesitábamos que fueran. ¿Le daría una oportunidad? ¿Dejar que le demuestre que puede cambiar?*

"Por favor, Amanda", continuó Matthew, extendiendo su mano. "Ya no puedo imaginar mi vida sin ti. Todas las mañanas esperaba verte, no sólo por lo que traerías, sino por ti. Tus ojos, tu pelo, tu sonrisa. Eres diferente a cualquier otra que haya conocido antes de que me beses, persiguiéndome hasta estar tan atado a ti que ni siquiera puedo pensar con claridad".

Amanda soltó una risa tranquila, dando un paso al frente y cogiendo su mano. En ese momento estaba sintiendo cómo su corazón se curaba, sintiendo la familiaridad de su mano en la de ella, quitándole completamente el dolor. "Te he echado de menos, Matthew."

Agitó la cabeza, pasando un dedo por su mejilla. "He estado perdido sin ti, Amanda. No merezco tenerte en mi vida, después de todo lo que te he hecho pasar, pero… "

"Pero te perdono", interrumpió Amanda, viendo el alivio en su rostro. "Ya ha quedado atrás, Matthew. Ahora podemos empezar a pensar en el futuro y en nuestra vida juntos".

"Te amo, Amanda", respiró, acercándose y abrazando su cintura. "Más que nada en este mundo."

"Eso está bien", contestó ella, un brillo en sus ojos. "Porque creo que yo también te amo, Matthew."

Sonrió, bajando la cabeza y besándola suavemente. Amanda se apretó contra él, metiendo sus dedos en su pelo, pensando que nunca más podría separarse de él. Desde el primer momento en que ella lo vio, supo que él era para ella y ahora aquí estaban, dando sus primeros pasos hacia una vida juntos.